KB062079

이명

시작시인선 0458 이명

1판 1쇄 펴낸날 2023년 1월 31일
지은이 이우걸
펴낸이 이재무
기획위원 김춘식, 유성호, 이형권, 임지연, 홍용희
책임편집 박예솔
편집디자인 민성돈, 김지웅, 정영아
펴낸곳 (주)천년의시작
등록번호 제301-2012-033호
등록일자 2006년 1월 10일
주소 (03132) 서울시 종로구 삼일대로32길 36 운현신화타워 502호
전화 02-723-8668
팩스 02-723-8630
블로그 blog.naver.com/poemsijak
이메일 poemsijak@hanmail.net

ⓒ이우걸, 2023, printed in Seoul, Korea

ISBN 978-89-6021-695-2 04810
       978-89-6021-069-1 04810(세트)

값 11,000원

이명

이우걸

천년의시작

시인의 말

근간의 세태는 소통 부재의 나날,
『이명』은 그런 고통을 대칭하는 메타포의 언어다.

더 밝아질 우리의 내일을 기원하며
이 시조집을
세상에 내보낸다.

차 례

시인의 말

제1부

봄비 3

모주처럼 알싸한 달래 향기 한 잔

향수처럼 아련한 아지랑이 한 필

그대가 고개 넘으며

택배로 부치셨지요?

노을

구름도 색깔을 입고 하늘가로 모여든다

북받치는 하루를 핏빛으로 옮기고 있다

맡겨진 저마다의 생은

이렇게

멀고 아픈가

귀

들으려 하지 않는 귀,

들을 수도 없는 귀,

이미 편 갈린 귀,

서로 닫아 버린 귀,

마음이 길을 잃어서

오래전에 병든 귀

자매들

쟁반에 담긴 소란이 몇 차례나 들락거려도
거실의 불빛은 꺼질 줄을 모른다
핏줄을 타고 흐르는 강물은 하염없다

막내가 장난삼아 돌팔매를 던지면
언니들도 덩달아 돌팔매를 던져서
파문은 웃음이 되고 또 때로는 울음이 되고

얘기가 잦아들 무렵 창밖에는 비가 내린다
빗소리는 추억들을 다시 불러내지만
새벽이 닿을 때쯤엔 엉킨 채 잠이 든다

열쇠

어떤 미스터리 같은
열쇠 하나 버려져 있다
열쇠를 가졌다고 으스대던 주인도 없이
낙엽 진 길모퉁이에
녹슨 채 버려져 있다

무슨 비밀을 지닌 한 권력의 책사였을까
거래를 즐기던 정상배의 혀였을까
한 올의 단서도 없이
여기 버려져 있다

라벨

자본이 만들어 낸 꽃의 이름이다
사랑을 받으면 콧대가 높아지고
아무도 부르지 않으면 소리 없이 진다

실비를 맞으며 봉오리가 벙글 때도
예고 없는 바람이 와서 자주 떨어뜨린다
이것이 시장에 사는 꽃들의 운명이다

어떤 보호벽도 믿을 수 없는 곳에서
삼엄한 전장만이 주어진 여건이지만
내일의 태양을 꿈꾸며
맨발로 걸어간다

억새

저무는 하늘을 휘젓는 갈필들

박토를 물고 견뎌 온 민초들의 입말이다

쫓기며 살아온 생의

칼끝 같은

상소문이다

해변의 모텔

낙조가 해안선에 길게 걸려 있다
이제 귀가를 서둘러야 하는 시간
맨발의 청춘들끼리 모래톱을 밟고 있다

길은 젖은 타월처럼 그들 앞에 놓여 있다
짙어 가는 어둠이 불빛과 싸우는 동안
집들은 호객꾼처럼 그들을 데리고 간다

커튼에 얼굴 가리며 누가 입을 열면
대답 대신 먼저 데워진 가쁜 욕망들이
영육靈肉에 문신을 새기며
파도치는 밤이 있다

별사別辭

품삯도 못 받고 다닌 곡비哭婢 같은 시인이여

원고마다 쏟던 울음이 제 혼인 줄 몰랐던가

남겨 둔 목청이 없어

말문부터 먼저 닫았네

유리창

누가 울며 동동거리던 자국이 남아 있다

그걸 자꾸 먼지라고 우기며 나는 닦는다

반 남은 단풍잎들도

속절없이 지고 있다

와이퍼 혹은, 와이프

   와이퍼가 부지런히 빗소리를 걷어 낸다, 와이퍼가 뻑뻑
거리며 빗소리를 따라간다

   이윽고 빗소리 속에 와이퍼가 갇힌다

이명 2

생의 언덕바지엔 목 쉰 파도가 산다

파도는 사연 많은 생채기의 울음들이다

그 소리 다 읽고 싶어

귀는 늘 잠이 없었다

제2부

치통

씹힐 일만 남아서 밤새 아팠던가

오늘 아침 어금니 하나가 결국은 떨어졌다

이승을 받치고 있던

성城 하나가 무너졌다

바람의 노래

바람은 바람이라서 본적本籍이 없다
본적만이 아니라 본 적도 없다
그러나 정말 바람이 없는 것은 아니다

깃발이 휘날리는 어느 경기장에서
갈대가 피어 있는 강변 기슭에서
얼굴도 없이 흔드는 바람의 손을 본다

바람은 바람이라서 본적本籍이 없지만
바람에게 고향이 없는 것은 아니다
바람은 물과 같아서 닿는 곳이 고향이다

개양귀비꽃

관상용 양귀비꽃은 한참을 보고 있어도
사내를 호릴 듯한 숨 가쁜 향내가 없다
그것이 운명이라면
어쩔 수 없는
고독의 꽃

왜 그럴까 고운 색깔 간드러지는 몸매인데
살 태우며 달려들던 그런 질투 어디 두고
객 떠난 다방에 앉은
늙은 마담 같은 꽃아

무게

생명 있는 존재들은
그 무게를 모른다

영혼을 달 수 있는 저울이 이승엔 없다

스스로 만든 저울은
저울이 아니다

가을

타계한 친구의 전화번호가 남아 있다

마지막 메일도 지우지 못했다

그걸 안 귀뚜라미가

밤새 울고 있다

카페라테

언니처럼 화이트가 베이지를 껴안으면
따스한 체온으로 간절한 손길로
십일월 오후를 적시는
낮은 음의 발라드

창밖의 풍경은 무료한 구름 조각들
혹은, 풀 더미에 얹혀 있는 낙엽들
그 새를 헤치고 다니는 바람의 손이 보이고

동생처럼 베이지가 화이트를 껴안으면
그 어떤 불화도 없이 순식간에 하나가 되는
십일월 오후를 적시는
낮은 음의 발라드

거울에게

녹슨 거울은 오늘도 말이 없다
그가 본 사물들의 위선에 대하여
알면서 외면하고 있는 현장에 대하여

그러나 몇백 년은 더 견딜 수 있으리라
타오르는 분노와 얼음 같은 저주의
아직 다 증발되지 않은 현장의 단서로서

나는 지금 너에게 다시 한번 묻고 싶다
핏빛 내면의 진실에 입 다물고
살아서 얻을 수 있는 의미는 무엇인가

이명 3

들지 않으려고
마개를 할 때가 있다
많이 듣는 게 좋은 것만 아니어서
들어도 못 들은 척하고
돌아서야 할 때가 있다

먼저 듣겠다며
많이 듣겠다며
곳곳에 귀를 대고 얻어 낸 소식을
대단한 전리품인 양
나눠 주던 때가 있었다

설은 밥알 같은, 떫은 풋감 같은
그런 과거사를 귀는 알고 있다
그것이 울음이 되어
스스로를 닫으려 한다

장모님께

오늘은 맑은가요
또 아니면 흐린가요
맑기도 하지만 주로 흐려 슬픈가요
그늘을 안은 산처럼
안개에 묻힌 강처럼

맑은 날은 맑아서
햇살 바라보며
비가 오면 비에 젖은 나뭇잎 바라보며
켜켜이 쌓인 당신을
지워 가는
머언 길

마스크

마스크는 아직도 얼굴을 감추고 있다
한때의 자만이
저지른 형벌임을
아무도 말할 수 없다
입이 없으므로

자신의 욕망대로
세계를 진단하고
자신의 욕망대로
세계를 유린하던
오만한 인간을 향해
누가 창을 던진 것이다

방패를 만들며 지금 혈전 중이다
뜻을 모아 이기고 새 깃발을 걸어야 한다
건강한 세상을 위해
함께 사는
내일을 위해

인생

    정성 다해 가꾸어도 알 수 없는 긴 여행을, 맹세한 두 남
녀는 하나 되어 떠났다
    그사이 비, 바람 불고
    한 사람은 길을 잃었다

초승달

허공에 낙관 하나 무연한 듯 걸려 있다
넋 잃은 폐비처럼 초사흘 밤 난간에 앉아
누구도 풀어줄 수 없는
누명을 애소하는 달

고요하고 처연한 운명을 머금은 빛
문명의 화살을 맞은 우리 신앙의 폐허 위로
누천년 빌고 빌어 온
뭇 소망이 스쳐 간다

돝섬

마산 앞바다에 섬 하나 떠 있다
맑은 날엔 유람선 같고 흐린 날엔 구조선 같지만
비, 바람 덮치는 날엔 시집 간 딸내미 같은,

꿈인 듯 꿈 아닌 듯 살갑게 다가오는
저 서정의 우물 하나 늘 가슴에 품고 살아서
이 가문 여름날에도
쉽게 지치지 않는다

제3부

나의 노트북 시대

몇 번이고 주저했던 노트북을 구입한 뒤로
내 작품의 수공업 시대는 이제 막을 내렸다
그 많은 파지를 먹던 휴지통도 한가하다

마감에 쫓기며, 비재非才를 원망하며
밤새도록 썼다 지우던 추억도 사라지고
요즘은 나도 모르는 시어들이 튀어나온다

쉽게 쓸 수 있다는 것이 과연 효율일까
눈에 익기도 전에 보내 버린 작품들을
화면에 다시 띄워 놓고 물끄러미 바라본다

귀뚜라미 바다

가사 없는 가을 노래가 객창에 쏟아진다
달 밝은 밤이라서 청승맞게 쏟아진다
누구라 할 수도 없이 떼창으로 쏟아진다

사변에 군인 나간 아들 걱정하면서
남의 나라 지키러 간 남편 걱정하면서
숨어서 울던 여인들의 신음 소리를 닮았다

울음은 울어서 그 울음을 이기려는 것
그래서 얼마쯤을 울고 나면 잦아지지만
새벽이 지났는데도 그칠 줄을 모르네

물

　냄비에 물을 부어 숭늉을 끓이려고, 가스 불을 켜 두고
깜박 잠이 들었다
　늦게사 눈을 떠 보니 아내 음성이 너무 높다

　물을 예사로 보아서는 안 된다는, 물이 불이고 불이 죽
음이라는
　늘 하는 그의 특강을 꾸역꾸역 듣고 있다

　TV에는 러시아가 우크라이나를 치고 있고
　창밖엔 바람이 불고 세차게 비가 내린다
　사방이 나만 눈 뜨면
　늘 이렇게 소란스럽다

자화상

먼 곳을 향해 가는 3등 열차였다
누가 타고 내려도 그저 앞을 보면서
정해진 종점을 향해 쉬지 않고 달렸다

사변을 만나고, 기아에 허덕이고, 독재를 만나고, 시위
에 휩싸이고
내 생이 스친 역들은
늘 그런 화염이었다

그러다 돌아보니 내가 안 보였다
다른 짐은 그대로인데 나는 어디에 있을까
맞은편 신호등 앞에
한 노인이 서 있었다

벤치

석양이 구름을 주홍으로 바꾸고 있다
낙엽은 반성문 같은 그 하늘을 읽고 있다가
제 삶의 무게에 못 이겨
지상으로 떨어진다

그곳엔 언제부턴가 벤치가 놓여 있었다
깊어 가는 가을의 사유를 위한 여백
이따금 바람이 와서
잠시 머물다 간다

하류

이곳에는 언제나 민낯이 편하다
중류 같은 욕심도 없다 애써 오르려 하지 않는다
징검돌 사이로 흐르는
그서 온유한 물이 있을 뿐

우연히 얻어진 덕성이 아니다
만상이 홍엽을 입고 마음 펄럭여도
거칠게 스쳐 간 어제를 술잔에 담아 마실 뿐

맑으면 맑은 대로 흐리면 흐린 대로
상류 같은 비전도 없다 애써 오르려 하지 않는다
징검돌 사이로 흐르는
그저 온유한 물이 있을 뿐

어느 날 아침

병든 지구를 업은 하늘이 노랗다
밤새 뒤척여도 묘안이 없었을까
그중에 인간이 제일 해결 못할 과제였을까

소낙비

야생의 쿠데타가 타고난 기질이다
설득도 호령도 소용이 없다
한줄기 쏟아 낸 뒤엔 또 홀연히 사라진다

가뭄을 위해서라고 말하지도 않는다
초록이 정의라고 외치지도 않는다
그러나 목마른 숲이 늘 그의 배경이다

문상

뽑힌 전원이 삼켜 버린 추억들
애통한 울음도 없는 냉랭한 빈소에
조위금 봉투 하나와
흰 국화만 두고 왔다

거듭 돌아봐도 느낌이 없다
나도 로봇처럼 감정이 거세된 걸까
과거로 떠나 버린 그와
지상에
남아 있는 나……

작은 중국집

우리 집 근처에는 중국집이 하나 있어요
시트콤 소품같이 아담하고 이쁜 집
그곳엔 유니폼이 고운 종업원이 몇 있고요

실비 오던 어느 날 아내와 오랜만에
지우산 함께 쓰고 그 집에 들렀어요
그리고 오래전에 먹어 본 자장면을 시켰지요

조금 지나 눈에 익은 자장면 두 그릇과
방금 튀긴 탕수육을 쟁반에 담아 왔어요
우리는 옛 애기 나누며 그릇들을 비웠지요

그러던 어느 날 그 집 문이 닫혔어요
이웃에게 물었더니 주방장 수술했대요
그 후로 산책 나가면 그 집 앞을 가 보곤 했죠

다시 그 집 문이 열린 건 그해 가을이었지요
반짝반짝 애교 많은 꼬마전등 스무 개가
오세요 손을 흔들며 눈물처럼 켜 있었어요

\>

코로나 바이러스로, 주방장 입원으로
닫혔다 열렸다 하는 우리 동네 작은 중국집
큰 욕심 없이 살아도 세상살인 힘든가 봐요

그래도 부담 없이 즐길 수 있는 외식 집
언제나 상기돼 있는 정 많은 우체통처럼
이 작은 중국집하고 늘 같이 살고 싶어요

빗살무늬토기

1

우연히 마주 앉아 너를 살펴본다
막 깨어난 아이처럼 얼굴이 볼그레하다
빗금이 머금고 있는 굴곡진 삶도 보인다

갈퀴 같은 손으로 강과 들을 헤매던
설한雪寒의 세월 속에서 태어난 지혜여
정착의 꿈이 빚어낸 또 하나의 발명이여

2

우리 삶의 뒷골목에는 늘 그늘이 살고 있다
그것들의 어딘가에는 빗살 무늬가 새겨진다
격랑을 이겨 낸 자의 뜨거운 심전도 같은

겨울나무들

지상의 모든 나무는
수행 중인 선사들이다
태양을 걸쳤다가 노을 속에 서 있다가
이제는 나목이 되어
눈보라를 입고 계시다

세찬 비 바람인들 편한 시간이었으랴
꽃에서 열매로, 녹음에서 단풍으로
한세상 가파른 길을
끝없이
보여 주시니

눈사람

나의 첫 여자였다
착한 여자였다
안으면 바스라질 듯
연약한 여자였다
십 년을 서성거리다 홀연히 떠나 버린,

그녀 간 뒤 예순 해 아직도 보내지 못한
그녀만의 소슬함으로 그녀만의 단정함으로
재우쳐 가슴 먹먹한
가을밤이 더러 있었다

제4부

시계

전진밖에 모르는 어리석은 기계여
역사의 CCTV는 쉴 새 없이 찍고 있다
일말의 성찰도 없이
앞으로만
달리는 너를

커피 자판기 앞에서

‘먼저 드시지요’
젊은이가 잔을 건넨다
‘아니, 시간 있는데?’
웃으며 받아 드는 노인
12월 남강휴게소 앞
우산 속의
온기 한 잔

비

서서 내리는 비는 가등처럼 목이 마르다

서서 내리는 비는 과수처럼 한이 많다

넋 없이 내리는 비는

풍경처럼 중심이 없다

비밀

향비*에게 향기는 그녀만의 비밀
그녀만의 비밀은 그녀만의 목숨
비밀을 지킨다는 것은
목숨을 지킨다는 것

어느 날 그 비밀을 지킬 수 없게 되자
향비는 스스로 생애를 마감했다
그것이 그녀가 택할 유일한 길이었던 것

세상 모든 생명들에겐 비밀의 성이 있다
그 성을 지키기 위해 생명을 걸어야 한다
가시를 온몸에 감고
살아가는 장미처럼

* 향비: 청 건륭제의 후궁.

부분에 대하여

전부를 알고 싶어 애를 쓸 때가 있다
한 부분만 더 알면 해석이 가능하므로
그것에 몸이 달아서
생애를 걸 때가 있다

그러나 주의하라 그곳이 바로 사지다
부비트랩처럼 던져 놓은 유혹이다
모든 걸 다 알고 사는 승자는 세상에 없다

나는 나의 둔감을 걱정하며 살아왔으나
난세를 건너온 어제를 고마워 한다
내 가진 삶의 자본은
이것 하나뿐이었다

말

이 벽에서도 듣고 있었다 저 벽에서도 듣고 있었다

벽은 벽이라서 입 다물고 있었지만

그 벽을 타고 다니는

소리 없는 말이 있었다

국어사전

모국어는 겨레를
지키는 병사다
모국어는 겨레가
마시는 물이다
사전은 그 물을 담은
아름다운 호수다

걸음마를 배울 때부터 사랑을 가르치며
모유처럼 나를 키워 낸 내 정신의 어머니여
오늘은 왠지 얼굴에
그림자가 어려 있네

조국을 사랑하지만 조국을 떠나야 하는
사연 많은 사람들과 헤어지기 위하여
공항에 있다 왔을까
슬픈 국어사전이여

거미

1

허공에 줄을 걸었다 그 남자 오십 세
시퍼런 목숨의 밧줄 연고 없이 얽어 놓고
비바람 닥칠 때마다
악을 쓰며 견뎠다

가솔은 처와 삼 남매 종착지는 소읍 뒷골목
국화빵 불을 지피며 생을 이어 갔다
가끔은 불면의 밤이 거리로 흘러나왔다

2

먹고 먹히는 여기는 처절한 난장
아직도 기다린다 기다려야 한다
포착의 순간을 위해
고요를 쌓아 가며

디스크

허리를 제대로 대접해 준 적이 없다
그러나 되돌아보면 허리는 늘 중요했다
나이가 들어 갈수록 더더욱 그렇다

살기 위해 끊임없이 허리를 굽히게 했다
그것이 운명인 것을 일찍부터 알았을까
허리는 그런 역할에 짜증을 낸 적이 없다

요즘은 허리가 시비를 걸어온다
제 삶의 이력을 알아 달라는 몸짓일까
늦지만 허리도 자신을 보호하고 싶어서일까

안개비

걷으면 환히 비칠 햇살도 마냥 싫고
이대로 혼자 맞는 외로움도 서러운 날
안개비 너는 내려서
종일 나를
다독이네

하이힐은 연초록 원피스는 연분홍
누구도 가지 않는 길 하나 가려내어
내 안의 그녀가 간다
몰래 자란 그리움 간다

흙을 위한 연가

흙은 혈육 같은 온기를 머금고 있다
바람이 불어도 눈비가 내려도
아무런 미동도 없이
그 자리에 있다

가꾸어서 먹이고 나누어서 입혀 온
자식 같은 사람들 물끄러미 바라보며
별다른 내색도 없이
그 자리에 있다

커서 떠나거나 죽어서 돌아오거나
그 길목을 지켜 선 수령 많은 고목처럼
웃음도 울음도 삼킨 채
그 자리에 있다

대구, 대구 사람들

이사 와서 축분祝盆들이 새 식구로 들어왔지만
대부분 명을 다하고 선인장만 남았다
대구의 친구가 사 준 그저 평범한 것이다

30년을 함께 살아온 화분을 볼 때마다
한구석에 무뚝뚝하게 돌아앉은 모습이
어쩌면 그 사람 같다고 나는 자주 생각했다

있으면 있는 대로 없으면 없는 대로
추우면 추운 대로 더우면 더운 대로
대구는 역사와 더불어 자신을 헌신해 온 땅

그 땅의 강골이라서 이호우는 반전反戰을 외쳤고
그 땅의 품격이라서 이영도는 절제를 섬겼다
우정과 지혜가 담긴 선인장 같은 사람들

잎들

삼, 사, 오월 잎들이
철모르는 소녀라면
육, 칠, 팔월 잎들이 무성한 여인이라면
구, 시월 너머의 잎은 무엇이라 불러야 할까

이슬 맞고 비 맞고 서리 맞고 단풍도 든
세상일 다 겪어 봐서 무서울 것도 없는
우리 집 아내 같은 잎을 수문장이라 불러야 할까

잎들은 그러나 마지막까지 여자라서
분홍빛, 주홍빛을 온몸에 둘렀는데
문 열고 창밖을 보니
벌써 결별의
인사를 하네

제5부

덕암산

동네를 내려다보며
살펴 주시는 어른이다
그 슬하에 조상이 계시고
마을에는 우리가 산다
사백 년 혈연의 맥이
그리하여 청청하다

한때는 콜레라가 기승을 부린 적 있고
자주 가뭄이 덮쳐 고통도 겪었지만
이 산의 가호 아래서 늘 본성을 잃지 않았다

어쩌다 황급히 고향에 들를 때라도
정중히 고개 숙여 먼저 인사 올리고
가없는 아량과 위용
가슴에 품고 온다

숲으로 된 성벽

스탠드 등을 켜고 주인이 책을 읽는다
문을 열고 들어가도 잘 모를 때가 있다
그만큼 그의 독서는 깊어지고 있는 듯하다

회사를 졸업하고 집에 돌아와서
다른 계산 없이 이 서점을 낸 것은
가정의 화목을 위한 배려였을 것이다

수목을 가꾸고
시를 사랑하는
부인은 학교에 나가 국어를 가르치고
퇴근 후 이곳에 들러 함께 책을 읽는다

서운암

설익은 지식으로 세상을 논하지 말라
스스로 땀 흘려서
얻는 길이 도임을
몸으로 가르치려고
세워진 절이 있다

흙도 공이 아니고, 물도 공이 아니고, 햇볕도 바람도 또
한 공이 아님을
당당히 증명하려고 세워진 절이 있다

그 절에서 장경을 빚어 자비의 말씀이 되고
그 절에서 쪽물을 내어 이 땅의 색을 살리고
유구한 옷을 다스려 민화의 길을 열었다

설익은 지식으로 세상을 논하지 말라
스스로 땀 흘려서
이루는 길이 도임을
몸으로 가르치려고
세워진 절이 있다

공감

손뼉을 치다 보면 허공에도 길이 생긴다

개미가 굴을 파듯 조심조심 만드는 소로小路

반가운 마음끼리 만나

서로 얼굴을

비춰 보는

사계의 노래

봄은 실비처럼 생명의 씨를 뿌리고
따스한 햇살로 어혈을 풀어 주고
곳곳에 환희를 심어 천지를 가꾼다

여름은 우레를 꺼내 소낙비를 만들고
싱싱한 숲을 키워서 장마를 대비하고
때로는 가뭄을 곁들여 목마름을 가르친다

익으면 떨어지는 걸 가을은 알고 있다
태양과 가까운 잎들 하나둘 단풍 들고
열매는 정성껏 익혀 후년을 기약한다

드디어 나목으로 속죄할 시간이 오면
겨울은 안다 축복 같은 백설을 이고
구차한 변명도 없이 신께 고갤 숙인다

추억의 마산항

햇살 설핏하고
산 그리메 짙어지면
어미 닭 품을 향해 병아리 모이듯이
배들은
모이를 싣고
항구로 모여들었다

기억의 향기*

배웅하기 위해서 역에 나갔다가
그대 가는 뒷모습 쓸쓸하고 아쉬워
그 기차 입석을 구해 함께 타고 갔었지

어디쯤 가서 내릴 생각도 못한 채
마냥 얘기 주고받다가 서울역에 도착하고
또다시 대구행 표를
끊어서 내려왔던

차창 밖은 그날따라 질정 없이 비가 내렸고
새로 돋던 그리움 빗줄기에 섞으며
하행선 밤의 선로는 내 상상의 여백이었지

* 박경태, 〈기억의 향기〉.

나무

낮지만 품이 넓은 내가 아는 나무가 있다
곁에 놓인 긴 의자는 이웃을 위한 배려
봄, 여름, 가을을 견디며
그 화목을 일구었다

마침내 단풍 들고 잎마저 다 진 뒤에
어느 날 내리던 초설 축복처럼 받아 이고
가파른 생을 간추려
신께 자신을 바쳤다

낙엽

가을이 내 무릎 위에 찬 손을 얹는다

가쁜 숨결과 외로움이 배어 있다

사는 게 다 그런 거라고

나도 가만 손을 얹는다

발자국

그 밤은 추웠다 그리고 눈이 내렸다

그 눈길의 새벽을 걸어간 이가 있었다

왜 그는 언 새벽길을 꼭 가야만 했을까

내밀한 지령을 받은 첨병의 이동처럼

빠르게 찍혀 나간 발자국을 바라보며

아직도 해독할 수 없는 운명을 떠올렸다

상선병원에서

5호실 어머니가 요양병원으로 가시나 보다
삼 남매가 프런트에서 어렵게 합의를 했다
장남이 절차를 밟자
누나들이 울고 있다

소리의 음양 원리, 소멸에서 생성을 낳다

정과리(문학평론가)

1. 시간대들의 길항

이우걸의 시를 개성화하는 건 무엇보다 과거와 현재의 길항, 즉 시간대들의 긴장이다. 두 번째 시 「노을」을 보자.

구름도 색깔을 입고 하늘가로 모여든다

북받치는 하루를 핏빛으로 옮기고 있다

맡겨진 저마다의 생은

이렇게

멀고 아픈가

—「노을」 전문

첫 행은 현재의 상황을 묘사한다. 두 번째 행에서는 그에 대한 화자의 해석이 제시된다. 여기까지는 현실에 집중하고 있다. '북받쳤던'이 아니라 "북받치는"이라고 쓴 것은 상황과 마음의 빈틈없는 일치를 보여 준다. 3행에서 반전이 일어난다. 이 상황은 '나'에게 맡겨진 것임이 드러난다. 즉 상황과 마음이 그냥 일치한 게 아니다. 그렇게 된 것은 화자의 마음이 상황을 전적으로 수락하는 일을 행했기 때문이다. 그 작업은 일단 일치를 보여 준 다음, 곧바로 분리를 진행한다. 왜냐하면 그래야만 상황에 대한 조치가 가능해지기 때문이다. 마지막 두 행은 그 조치를 위한 상황의 재해석이다. 그 해석은 제2행에서 진행된 현상 해석을 인과관계 해석으로 변경 혹은 심화한다. 그 해석에 의하면, 그 상황은 기나긴 과거로부터 온 것이다; 그 과거는 아픈 과거이다; 과거의 아픔은 현재 화자의 마음속에서 한 치의 결손도 없이 울리고 있다. "이렇게"라는 한 행으로 처리된 한 단어가 전파하는 의미들이 그것들이다.

과거와 현재는 합류하면서 분리된다. 그 분리를 주도한 주체는 또한 합류를 진행한 주체이다. 그 주체는 화자의 마음이다. 그가 그런 절차를 수행한 까닭은 명백하다. 당연히 상황을 이겨 내기 위해서이다. 그런데 이 시에서 독자가 느끼는 것은 그런 목표가 아니라(그 목표를 절실히 느낄 만한 상황의

구체성이 없다), 시간대들의 긴장을 조율하는 화자의 운동이다. 그 운동의 기본 형식은 합류와 분리의 대위법이다. 그 대위법은 대위 주기가 보이지 않을 정도로 거의 동시적으로 진행되고 있으며, 그 운동이 작동하는 범위는 일차적으로는 시간대들 사이이지만, 그 시간대들이 각각 품고 있는 공간들이 합류되어야 하는 만큼 공간으로도 작용하며, 그렇게 해서 단일화된 시공의 크기를 합치의 관성을 통해 무한내로 확대하고 있다.

여기까지 와야 첫 행의 "구름도 색깔을 입고"의 의미와 기능이 보인다. 이 시구에서 "색깔을 입고"는 언뜻 리듬을 맞추기 위해 동원된 췌사처럼 여겨질 수 있다. 가령 첫 행은 '붉은 구름이 하늘가로 모여든다' 혹은 '구름이 붉게 하늘가로 모여든다'라고 쓰는 게 언어의 경제 원리에 합당하다. 그런데 시인은 '~도 색깔을 입고'라고 적었다. 우선은 그것이 1, 2행의 어휘량과 음보를 상응시키는 기능을 수행한다. 그러나 의미상으로는 과거와 현재의 길항을 공간으로 확대하는 역할을 행한다. 그것을 첫 행에 표시하였는데, 조사 '도'를 통해 '확대'를 명시하면서도 동시에 첫 행의 기능으로 시간대들의 길항이 시공들의 그것임을 원천화한다.

시간대들의 길항과 그것들의 합류/분리의 교번은, 대부분의 시편에서 확인할 수 있는, 이우걸 시의 심층 구조로 보인다. 첫 시, 「봄비 3」을 보자.

모주처럼 알싸한 달래 향기 한 잔

향수처럼 아련한 아지랑이 한 필

그대가 고개 넘으며

택배로 부치셨지요?

—「봄비 3」 전문

시의 내용은 시인의 민감한 감수성을 유념해야 이해될 수
있을 듯하다. 봄비가 내린다. 봄비의 가는 빗줄기에서 시인
은 "모주처럼 알싸한 달래 향기"를 느끼고 "아지랑이 한 필"
이 피어오르는 걸 본다. 그런데 시의 화자는 본능적으로 그
현재적 사건을 과거로 돌리고 있다. "향수처럼 아련한"은
봄비의 현재적 도취를 두고 그것이 과거로부터 온 것임을
암시한다. 그리고 제3행이 그 점을 실제 사실로 확정한다.
그리고 그 사실의 내용을 짐작게 한다. "그대가 고개 넘으
며" 보낸 것이다. 모종의 고난과 연관되어 있다. 한데 그 고
난은 적시되지 않고, 화자와 독자가 공히 풀어 볼 숙제가 된
다. 향수의 양태를 과거 속에 마음을 잠기게 하는 모습으로
나타내는 대신에, 과거를 탐색하는 행동으로 표현케 한다.

2. 여운에 의한 사실과의 투쟁

시간대들의 합류와 분리의 심리적 근원은 무엇일까? 그
것은 시인이 현재의 삶에 부정적 인식을 가지면서도, 현재
가 압도적인 힘으로 자신의 저항을 차단하고 있다는 데에
버거워하는 마음 상태를 보여 준다. 아마도

> 왜 그럴까 고운 색깔 간드러지는 몸매인데
> 살 태우며 달려들던 그런 질투 어디 두고
> 객 떠난 다방에 앉은
> 늙은 마담 같은 꽃아
>
> ─「개양비귀꽃」부분

같은 구절은 그런 심사의 솔직한 표출이라고 읽을 수 있
다. 그러나 그럼에도 불구하고 저항을 포기할 수 없다는 마
음은, 무기력을 고백하는 자리에서도 끈질기게 피어오르고
있다. "고운 색깔 간드러지는 몸매"는 노골적인 지시이며,
"다방에 앉은"의 "앉은"도 현장에서 버티고자 하는 심리를
알려 준다. 다만 그의 저항은 힘을 가진 자의 저항과는 다
를 수밖에 없을 것이다. 그에게는 "사내를 호릴 듯한 숨 가
쁜 향내가 없"는 것이다. 그러니 "살 태우며 달려들던 그런
질투"와는 다른 방식이어야 한다.

이런 구절에 그 방식의 요체가 암시되어 있다.

설은 밥알 같은, 떫은 풋감 같은

그런 과거사를 귀는 알고 있다

그것이 울음이 되어

스스로를 닫으려 한다

—「이명 3」 부분

실패한 과거의 끈질긴 여운이 그를 괴롭히는 것이다. 그
는 차라리 귀를 막고 과거를 잊어버리고 싶다. 그러나 그
럴 수 없다. 귀를 닫을 수 있는 시간은 한정되어 있기 때문
이다. 그러나 실질적인 이유는 그것이 아니다. 첫 행, "설
은 밥알 같은, 떫은 풋감 같은"은 시인이 스스로 과거를 포
기할 수 없는 이유를 만들고 있다는 점을 보여 준다. 그는
과거를 '미완의 생'으로 지목하면서, 그것을 완성할 과제를
스스로 떠맡으려 한다. 「이명 2」는 그 점에서 직설적이다.

생의 언덕바지엔 목 쉰 파도가 산다

파도는 사연 많은 생채기의 울음들이다

그 소리 다 읽고 싶어

귀는 늘 잠이 없었다

—「이명 2」 전문

이제 시인의 저항 양식을 분명히 알 수 있다. 그러나 이 순간 독자는 어떤 모순을 감지한다. 저항의 의지를 읽을 수 있다 하더라도 저항의 힘을 길어 올 원천이 분명하지 않기 때문이다. 또한 독자는 저항의 주체가 이 순간 무기력의 주체로부터 이탈해 새로운 신원에 위치하게 되었음을 본다. 시의 화자 '나'는 어느 순간, 나의 고통이 아니라 타자들의 고통, "사연 많은 생채기의 울음들"을 듣고 있다. 이제 그것은 나의 과거가 아니라 일반인의 과거이며, 타자들을 일반인으로 보는 '나'는 그로부터 벗어나 있다. 이런 탈출이 어떻게 가능했을까?

3. 감각 치환의 효과: 변증법에서 '음양 원리'로

이 의문과 함께 독자는 이우걸 시의 지각地殼 밑으로 들어간다. 굳이 그렇게까지 가야 하느냐고 누군가 물을 수도 있겠으나, 그럴 때만 시의 실질적인 존재 양상과 그 기능을 판별할 수 있다. 앞의 얘기에 이어서 이 시를 보자.

누가 울며 동동거리던 자국이 남아 있다

그걸 자꾸 먼지라고 우기며 나는 닦는다

반 남은 단풍잎들도

속절없이 지고 있다

—「유리창」 전문

일단 변신의 이유를 묻는 걸 접고 그 존재의 형상을 본다
면, 일반성으로부터 이탈한 새 화자는 실제로 무기력하다.
이 시는 정지용의 「유리창 1」에 반향한다. 옛 시인의 "유리"
에 "어리"는 "차고 슬픈 것"은 여기에서 "누가 울며 동동거
리던 자국"이 되어 있다. 표현만 다를 뿐, 주제는 엇비슷해
보인다. 「유리창 1」은 다음의 시구로 끝난다.

고흔 폐혈관肺血管이 찢어진 채로
아아, 늬는 산山ㅅ새처럼 날러 갔구나
—최동호 편, 『정지용 전집 1. 시』, 2015, p.472

이 시구를 두고 '애이불상'의 태도로 든 교과서가 많았
다. 그러나 그런 해석은 과장이다. 왜냐하면 읽어 보면 시
인의 비통한 심정을 그대로 느낄 수 있기 때문이다. 그 앞
에 씌어진,

물먹은 별이, 반짝 보석寶石처럼 백힌다
밤에 홀로 유리琉璃를 닦는 것은
외로운 황홀한 심사이어니,

에서 "물먹은 별이, 반짝 보석寶石처럼 백힌다"를 감정의

절제라고 보는 시각이 많은데, 그리움의 집중이 낳은 이 수일한 표현은 갈망을 극대화하는 절차라고 보는 게 타당하다. 그리고 이 갈망의 증폭은 육친의 상실감의 불가역성과 대비되어 극단들의 변증법을 발생시키면서 불가능성에 대한 강한 도전을 감행하지만, 마지막 두 행은 그 도전을 좌절시킨다. "폐혈관肺血管이 찢어"져 "산山ㅅ새처럼 날"아 간 자식은 더 돌아오지 않을 것이다. 그 좌절의 확인이 앞선 행의 "외로운 황홀한 심사"를 설명한다. 만일, 그 좌절에 대한 비통한 감정을 전제하지 않는다면, 저 "황홀한 심사"는 엽기적인 감상이 될 것이다. 마지막 두 행에 비추어져서만, 그 심사가 허망한 소망이었다는 각성이 가능해진다는 것이다. 이우걸의 「유리창」에서도 좌절의 사실 자체는 바뀌지 않는다. "반 남은 단풍잎들도 / 속절없이 지고 있다"고 토로하고 있다. 비슷한 마음 상태이지만 어딘가 다른 데가 보인다. 정지용에게서는 희망이 선행되고 좌절이 결과로 주어진다면, 여기에서는 좌절이 당연한 사실로서 주어진 대신, 그것에 저항하는 행위는 여전히 남는다. 비통한 심사를 표백하는 대신에 고집스럽게 성에를 닦는다. 그걸 닦는 행위의 명분은 그것이 먼지라는 해석이다. 그렇다면 닦는 행위의 목표는 유리창을 최대한 맑게 하는 것이다. 그런데 그 결과는 마지막 두 행에 제시되었듯이 더욱 참담한 좌절이게 마련이다. 하지만 지금까지의 독법을 따라가 보자. 닦는 행위를 현재형으로 쓴다는 것, 그것은 분명 좌절의 현장에 직면해 있는데도 불구하고, 여전히 저항을 멈추지 않게 하는 무엇이 있다는 것을, 좀 더 강하게 말해, 좌절의 현장이 또렷해지면 질수록 저항의 의지를 의연히 작동하게 하는 무엇이 있다는 점을 가리키고 있다. 그것은 무엇인가?

바로 첫 행, "누가 울며 동동거리던 자국"에 그 비밀이 숨어 있다. 그 시구에서 화자가 고집스럽게 자국을 닦아 내면, 아니, 닦아 냄에도 불구하고, 아니 닦아 냈기 때문에, 남는 게 있다. 그것은 바로 "누가 울며 동동거"림이다. 그것은 자국으로 현상했으나, 실제 작동하는 '울며 동동거림'은 소리이다. 시각의 패배가 청각으로서의 실존적 감각을 보존한 것이다.

정지용의「유리창」이 철저히 시각으로 일관함으로써, 극단들의 변증법을 창출했다면, 이우걸의「유리창」은 시각 밑에 잠복해 있는 청각을 보존함으로써, 소멸로부터의 생성이라는 음양陰陽 원리를 시창작의 방법론으로 만들어 낸 것이다. 다음 시 역시 음양 효과의 전형적인 보기이다.

이 벽에서도 듣고 있었다 저 벽에서도 듣고 있었다

벽은 벽이라서 입 다물고 있었지만

그 벽을 타고 다니는

소리 없는 말이 있었다

—「말」전문

마지막 행의 "소리 없는"은 '소리내기가 가로막힌'과 '전음술의 방식으로'란 두 가지 뜻으로 동시에 읽어야 한다. 앞뜻의 배면에 깔린 두 번째 뜻은, "아무도 눈치채지 못하게 가만히 말뜻을 전하는"이란 얘기다. 이때 고통과 고난의 웅성거리는 소리는 숨을 죽이는 대가로 의미를 담은 말로 변신하면서 벽을 타고 넘는 것이다.

4. 소리의 육체성

'음양'의 기본 원리는 '이울면 찬다'는 것이다. 소멸은 생성의 실마리이다. 이우걸 시의 청각적 전환은 그 일이 행해지기 위한 사전 작업이다. 시각이 상황을 지배한다면 청각은 상황이 은폐하고 있는 것들을 상황의 균열들을 통해 피어오르게 한다. 이제 독자는 분명히 알 수가 있다. 심층 구조에서 현상된 과거와 현재의 분리와 합류가 표층에서 행하는 일을. 시인은 과거를 여운으로 변환해, 그것을 통해 여진을 일으키고, 다시 그 여진으로부터 진동을 생성한 것이다.

또한 그 과정에서, '나'는 '나'의 여분을 추려 '나'로부터 이탈해 그 진동을 수행할 주체로 재정의된다. 간단히 말해 이탈한 '나'는 본래의 '나'의 여진의 산물이다. 그런 상황을 거꾸로 보여 주는 것이 다음 시다.

사변을 만나고, 기아에 허덕이고, 독재를 만나고, 시위
에 휩싸이고
내 생이 스친 역들은
늘 그런 화염이었다

그러다 돌아보니 내가 안 보였다
다른 짐은 그대로인데 나는 어디에 있을까
맞은편 신호등 앞에
한 노인이 서 있었다
─「자화상」 부분

지금의 '나'는 화염을 더불어 산 생의 결과이다. 본래의
'나'는 "맞은편 신호등 앞에/ 한 노인"으로서 객관화된다. 그
'나'는 군중 일반으로 귀속된다. 이 군중은 그러나 타성태惰
性態가 아니다. 그 군중은 새로운 나를 생성한 움직임의 총
화이다. 그를 통해서만 '나'는 저항의 자세를 예각화하고,
그 힘으로 나를 생성한 군중에게 슬그머니 활력을 부여할
역할을 맡게 된다. 이런 군중으로부터의 '나'의 돌출을 유발
하는 과정에 개입한 감각이 '소리'이다. 그렇다면 소리는 청
각 이상으로 운동감각이 아닌가? 소리는 육체의 울림으로
봐야 하지 않는가?
소리의 철학자, 장-루이 크레티엥은 말한다.

미리 알아채는 앎은 '보이지 않는 것'에 대한 앎이다. 이

보이지 않는 것이란 메를로-퐁티가 '보이는 것의 실존 가닥
(existentiaux)'이라고 부른 것들이다. …(중략)… "실존 가
닥들"은 사물이 아니라, 하나의 사물을 출현시키는 무엇이
다. 그것들은 우리에게도 세계에도 속하지 않는다. 그것들
은 "언제나 수행 주체와 감각 영역들의 관계"이다. 이 관계
가 두 분리된 항목들을 관계 맺는 것이 아니라는 점을 분명
히 해야 한다. 그게 아니라 세계와 나의 '살' 그 자체다. 왜
냐하면 수행 주체 '나'는 스스로 그가 여는 것에 속하기 때
문이다. '접촉하다'라는 동사는 그 자체로 '접촉의 현존성'
안에 있다.*

　그렇다. 이우걸의 청각은 소통의 현존성, 즉 실시간성과
수행성, 그리고 상호작용 상황의 움직임 그 자체이다. 이
것은 몸 전체의 움직임이며, 특화된 감각은 몸 전체 요동의
'작인作因'으로 기능한다.
　그러니까 일반성으로부터 이탈한 수행 주체 '나'와 그 주
체가 이끄는 소리는 몸 전체 안에서 살며시 움직인다. 그래
서 언뜻 보면 세상은 언제나 한결같은 듯하다.

　　맑으면 맑은 대로 흐리면 흐린 대로
　　상류 같은 비전도 없다 애써 오르려 하지 않는다
　　징검돌 사이로 흐르는

---

* Jean-Louis Chrétien, 『철학적 재인식Reconnaissances philosophiques』
　Paris: Les Éditions du Cerf, 2010, p.111.

그저 온유한 물이 있을 뿐

　　　　　　　　　　　　　　—「하류」 부분

같은 시구는 그래서 나온다. 하지만 '나' 혹은 소리가 수
행하는 것은

　　　울음은 울어서 그 울음을 이기려는 것

　　　　　　　　　　　　—「귀뚜라미 바다」 부분

이니, 그 울음 자체의 섬세한 변화가 이미 내부에서 진행
되고 있는 것이다. 그것을 감지하는 사람에게는 다음과 같
은 수일한 이미지가 선명히 눈앞에 떠오를 것이다.

　　　언니처럼 화이트가 베이지를 껴안으면
　　　따스한 체온으로 간절한 손길로
　　　십일월 오후를 적시는
　　　낮은 음의 발라드

　　　창밖의 풍경은 무료한 구름 조각들
　　　혹은, 풀 더미에 얹혀 있는 낙엽들
　　　그 새를 헤치고 다니는 바람의 손이 보이고

　　　동생처럼 베이지가 화이트를 껴안으면
　　　그 어떤 불화도 없이 순식간에 하나가 되는

십일월 오후를 적시는

낮은 음의 발라드

—「카페라테」전문

커피색과 우유색을 하나로 섞는 '카페라테'를 이보다 잘 묘사할 수 있을까? 그러나 그보다도 더욱 독자의 느낌을 진하게 하는 것은, '카페라테'의 움직임이 만물의 동작에 대한 환기로 퍼져 나가, "무료한 구름 조각들", "낙엽들"에서 바람의 숨결을 느끼게 해 준다는 것이다. 카페라테의 색의 퍼짐은 그러니까 향기처럼 진하다.

5. 시의 존재로서 증언하는 시조의 권리

이우걸의 시는 '시조'의 형식하에 씌어졌다. 시조는 고려 말에 만들어져 조선 시대에 성행한 시가 형식이다. 근대시형이 도입되면서 시조는 존폐의 위기에 직면하였다. 사멸의 궁지에서 시조를 구한 것은 시조 쓰기를 선택한 시조 시인들이었다.

그들은 왜 시조를 지키려고 한 것일까? 그 사연은 저마다 다를 것이다. 다만 문학사회학의 관점에서 중요한 것은 그 의도가 아니라 효과임을 지적해야 할 것이다. 시조 시인들은 "누군가의 쓰레기는 다른 누군가의 보물"(이는 아이러니하게도 유명한 서양 속담이다)이라는 심정으로 그 효과를 창출하기 위해 자신의 생애를 바쳤을 것이다. 근대시가 안마당을 차지한 시 터의 한복판에서, 시조가 존재하는 양태는 무엇이고, 그 기능은 무엇인가?

그 기능의 스펙트럼 역시 범위가 넓다. 때로 그것은 전 시대 시가의 존재 이유를 제공하는 증거로 이해될 수도 있을 것이다. 때로 그것은 시의 사회 구성 양식, 즉 근대적 지배 시형 주변에 온갖 주변적인 시형들이 존재하고 시조도 그 하나라는 사실을 깨닫게 할 수도 있을 것이다. 하지만 무엇보다도 가장 유효한 기능은 '엄격한 규칙 속에서 최대한의 자유를 실험'하고자 하는 현대 시조의 태도이다. 이 태도는 근대의 가장 소중한 전리품인 자유가 방종으로 흘러서는 안된다는 윤리적 각성을 일깨우는 한편, 규칙과 자유가 그저 대립하는 것이 아니라, 그 사이에 썩 미묘한 '밀당'이 전개될 수 있음과 그 가능성을 가늠케 한다.

이우걸의 시에서 시조의 종장 첫 2구에 해당하는 행이 항상 반전의 기능을 담당한다는 것은 각별히 주의할 필요가 있다. 우리가 지금까지 살펴본 이우걸 시의 '이울면 찬다'의 음양 원리는 종장 첫 2구를 축으로 전개된다. 그것은 시인이 자신이 선택한 시조 형식의 기본 원리를 철저히 지키면서, 아니, 지킴으로써, 오히려 삶의 갱신을 도모하는 방법론을 창출했다는 것을 가리킨다.

다만 이러한 힘겨운 노력들은 음양 원리의 자연성만큼이나 감각적으로 느끼기가 쉽지 않다. 즉 미미한 움직임들이다. 앞에서 비교해 보았듯이, 정지용적 이미지의 영롱성에

비한다면, 이우걸의 이미지들은 확대경으로 볼 때만 그 섬세한 굴곡을 더듬을 수 있다. 시인이 쓴 대로

　영혼을 달 수 있는 저울이 이승엔 없

―「무게」 부분

는 것이다. 그러나 잘 보이지 않는다 해서, 이 운동들이 무기력하지 않다는 걸, 녹자는 지금까지 발견하고 확인하였다. 이 운동들은 우리 삶의 심부 안에서 울림을 일으키며, 아주 조금씩, 천천히, 세밀히 변화를 자극할 것이다.

사실 이것은 모든 연약한 존재들의 생존 방식이다. 릴케 Rilke의 그 유명한 시구를 빌린다면,

　우리가 싸우는 것들은 얼마나 하찮은가
　우리에게 싸움 거는 것들은 왜 이다지도 거대한가[*]

라고 탄식하는 사람들이 사실 대부분의 보통 사람들이다. 현실의 권력에 맞설 만한 힘과 장치를 비축하지 못한 사람들은 그 장막 아래에서 생존을 이어 나갈 수밖에 없다. 그러나 그 생존은 그냥 살아 내는 게 아니다. 그것은 자신을 죽음으로 몰아넣는 바깥의 힘에 대항해 자신의 생명력

* Rilke, 「응시자Der Schauende」, 번역은 불역본, Rainer Maria Rilke, Œuvres poétiques et théâtrales (coll.: Pléiade), Paris: Gallimard, 1997, p.255 에 근거함).

을 키우는 한편, 지배 권력의 안에 있다는 그 사실에 힘입어 그것의 내장에 조금씩 생채기를 내고 새로운 기운이 틈입할 틈새들을 연다.

폴 세잔Paul Cézanne의 '정물화'에 대해서 칸딘스키는 이렇게 쓴 적이 있다.

세잔은 찻잔에 생명을 회복시켜 주었다. 아니 이렇게 말해야 하리라. 찻잔 속에서 그는 무언가 살아 있는 것의 실존을 간취했다. 그는 움직임을 멈춘 생명을, 그것이 비활성의 상태로 있기를 그치게 되는 데까지로 끌어올렸다. 그는 이런 사물들을 사람들처럼 그렸다. 왜냐하면 그는 모든 사물의 안에 깃든 삶을 짚어 내는 천품을 타고 났기 때문이다. 그의 색채들, 그의 선들은 하나하나 일종의 영적인 조화에 값한다. 한 사람, 나무 한 그루, 사과 한 개, 이 모든 것들은 세잔에 의해서 '그림'이라 불리고 내성과 예술적 조화의 혼합물인 무언가를 창조하기 위해 동원된 원소들이 되었다.**

세잔은 미국의 화상들이 그를 발견하기 전까지 한없는 무명 속에 갇혀 있으면서도 그림 그리기를 쉬지 않았다. 그는 죽마고우였던 졸라에게까지 무시를 당했으며, 그가 죽었을 때, 그의 고향 엑-상-프로방스의 '그라네 미술관(Musée Granet)'은 그의 그림을 받아들이지 않았다. 하지만 그는 지

** Victoria Charles, 『정물Nature morte』 New York: Parkstone International, 2011, p.3에서 재인용.

금 후기 인상주의의 길을 연 개척자라는 상징적 가치로 고향의 가장 큰 수입원으로 기능하고 있다. 그것은 무엇보다도 칸딘스키가 말한 대로 "움직임을 멈춘 생명"에 숨을 불어넣는 일을 했기 때문이다. 그를 통해서 정물(nature morte), 즉 '죽은 자연'은 숭고한 정신적 생명으로 다시 태어났다.

이우걸을 비롯, 여러 시조 시인들이 끈질기게 이어 가고 있는 현대시조의 투쟁에도 그런 역사役事가 이루어지고 있다고 나는 믿는다.